Steve Barlow est né à Crewe, au Royaume-Uni. Il a été tour à tour enseignant, acteur, régisseur et marionnettiste, en Angleterre et au Botswana, en Afrique. Il a rencontré Steve Skidmore dans une école de Nottingham. Rapidement, les deux Steve ont commencé à écrire à quatre mains. Steve Barlow vit maintenant à Somerset. Il aime faire de la voile sur son bateau qui s'appelle le *Which Way* (*De quel côté?* en français), car Steve n'a habituellement aucune idée de sa destination lorsqu'il part en mer.

Steve Skidmore est plus petit et moins chevelu que Steve Barlow. Après avoir réussi quelques examens, il a fréquenté l'université de Nottingham, où il a passé le plus clair de son temps à faire du sport et à exercer divers emplois d'été, certains épiques, comme celui où il devait compter des croûtes à tarte (vraiment!). Il a enseigné l'art dramatique, l'anglais et le cinéma, avant de faire équipe avec Steve Barlow et de se consacrer uniquement à l'écriture. Ensemble, les deux Steve ont écrit plus de 150 livres, dont la série *Mad Myths*.

L'ILLUSTRATRICE

Sonia Leong vit à Cambridge, au Royaume-Uni. Membre des Sweatdrop Studios, cette véritable vedette des artistes du manga a remporté tant de prix qu'il serait impossible de tous les énumérer ici. Son premier roman illustré s'intitule *Manga Shakespeare : Romeo and Juliet*.

Vis d'autres aventures de héros!

Déjà parus :

C'EST
MOI LE
HÉROS

Le trésor
des pirates

Steve Barlow et Steve Skidmore
Illustrations de Sonia Leong
Texte français d'Hélène Pilotto

Éditions
SCHOLASTIC

Catalogage avant publication de Bibliothèque et Archives Canada

Barlow, Steve

Le trésor des pirates / Steve Barlow et Steve Skidmore; illustratrice,
Sonia Leong; traductrice, Hélène Pilotto.

(C'est moi le héros)
Traduction de: Pirate gold.

ISBN 978-1-4431-2651-9

I. Skidmore, Steve, 1960- II. Leong, Sonia III. Pilotto, Hélène
IV. Titre. V. Collection: Barlow, Steve. C'est moi le héros.
PZ23.B3678Tré 2013   j823'.914   C2013-900283-9

Conception graphique de la couverture : Jonathan Hair

Les auteurs et l'illustratrice ont revendiqué leurs droits
conformément à la *Copyright, Designs and Patents Act* de 1988.

Édition publiée par les Éditions Scholastic,
604, rue King Ouest, Toronto (Ontario) M5V 1E1
avec la permission de Hachette Children's Books.
5 4 3 2 1   Imprimé au Canada   121   13 14 15 16 17

Préservons notre environnement

PROTÉGEONS NOS FORÊTS

Scholastic Canada Ltd a choisi d'imprimer les pages de ce livre sur du papier recyclé et a
réduit sa consommation de ressources¹ et sa pollution¹ dans les mesures suivantes :

	énergie	eau	gaz à effet de serre	déchets solides
arbres de nos forêts ont été sauvés.	8 millions de BTU	30 197 litres	667 kg	242 kg

7 arbres de nos forêts ont été sauvés.

Imprimé par **Webcom Inc.** sur du papier
Legacy Hi-Bulk White 100% à contenu postconsommation de 100 %.

FSC
www.fsc.org

MIXTE

Papier issu
de sources
responsables

FSC® C00407

¹L'estimation des effets sur l'environnement a été faite au moyen du calculateur «Environmental Defense Paper Calculator».

Ton destin est entre tes mains...

Ce livre n'est pas un livre comme les autres, car c'est *toi* le héros de l'histoire. Tu devras prendre des décisions qui influenceront le déroulement de l'aventure. À toi de faire les bons choix!

Le livre est fait de courtes sections numérotées. À la fin de la plupart d'entre elles, tu auras un choix à faire, ce qui t'amènera à une autre section.

Certaines décisions te permettront de poursuivre l'aventure avec succès, mais sois attentif… car un seul mauvais choix peut t'être fatal!

Si tu échoues, recommence l'aventure au début et tâche d'apprendre de tes erreurs. Pour t'aider à faire les bons choix, coche les options que tu choisis au fil de ta lecture.

Si tu fais les bons choix, tu réussiras.

Sois un héros… pas un zéro!

Tu es un aventurier anglais et tu vis sous le règne de la reine Élisabeth 1re.

Depuis qu'elle a accédé au trône, le roi Philippe II d'Espagne cherche par tous les moyens à envahir l'Angleterre. La marine royale anglaise étant trop faible pour affronter directement les puissants Espagnols, la reine a opté pour une autre méthode. Elle embauche secrètement des corsaires, aussi appelés « pirates gentilshommes », qu'elle envoie attaquer les navires espagnols.

Francis Drake est le plus brave et le plus talentueux de tous les corsaires. Les Espagnols le craignent énormément tant et si bien qu'ils le surnomment *El Draco*, c'est-à-dire « le Dragon ».

En mai 1572, tu quittes le port de Plymouth aux côtés de Francis Drake et de son frère John. Vos deux navires, le *Pasha* et le *Swan*, comptent 73 volontaires.

Après une traversée de l'Atlantique qui dure plusieurs semaines, vous arrivez dans la mer des Caraïbes, une région alors largement occupée par les Espagnols. Vous jetez l'ancre à Port Abondance, un port secret que Drake a découvert lors de voyages précédents. Vous vous apprêtez maintenant à porter une première attaque aux Espagnols en donnant l'assaut au port de Nombre de Dios.

Va au numéro 1.

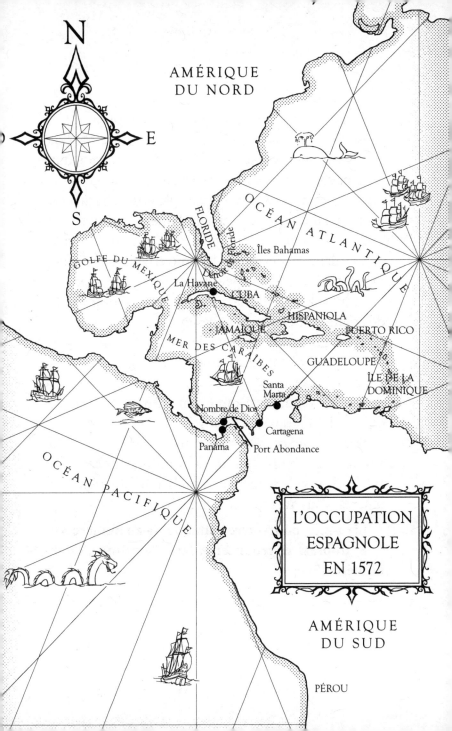

1

Drake convoque tout l'équipage sur le pont.

— Notre mission consiste à nous emparer de l'or et de l'argent provenant des mines du Pérou avant que les Espagnols expédient ce trésor en Espagne. Le butin servira à enrichir notre chère Angleterre et à l'aider à parer aux attaques de l'Espagne. Une partie du trésor a déjà été apportée jusqu'ici. Elle est sous bonne garde, dans la demeure du gouverneur d'Espagne. Nous utiliserons trois petites barques pour attaquer. Je serai à la tête de la première et tu dirigeras la deuxième, dit Drake en te désignant.

Tu acquiesces d'un signe de tête.

— Nous attaquerons une fois la nuit tombée, conclut Drake.

Le soir venu, vous ramez en silence vers le port espagnol, toutes voiles ferlées.

Soudain, un cri retentit depuis la tour de garde qui surplombe le port. Peu après, toutes les cloches des églises de la ville se mettent à sonner. L'ennemi vous a repérés. Vous avez perdu l'effet de surprise.

Si tu veux poursuivre l'attaque, va au numéro 31.

Si tu préfères renoncer et faire demi-tour, va au numéro 15.

2

Le soir venu, alors que tu es accoudé au bastingage, tu perçois des mouvements dans le noir derrière toi. Avant que tu puisses te retourner, des mains solides t'agrippent aux chevilles et aux épaules, et te lancent par-dessus bord.

Tu tombes à l'eau avec un léger plouf. Quand tu remontes enfin à la surface, à bout de souffle, tu vois le navire s'éloigner. Personne n'entend tes cris. Tu vas te noyer, c'est certain… à moins que les requins ne viennent d'abord te dévorer.

Ton aventure est terminée. Si tu veux la recommencer, va au numéro 1.

3

— Le galion est trop fort pour nous, expliques-tu à tes hommes. Pour l'instant, nous allons le suivre, puis nous le forcerons à se diriger à l'ouest de Cuba. Cela nous permettra de gagner du temps. La manœuvre nous mènera tous deux en eau peu profonde, ce qui sera très avantageux pour un petit bateau comme le nôtre.

Les jours passent et les hommes de ton équipage deviennent nerveux. Puis un certain Robert Pike vient te trouver.

— Nous sommes plusieurs à vouloir rentrer à Port Abondance, déclare-t-il sans mâcher ses mots. Nous perdons notre temps. La mission est perdue d'avance!

Voilà qu'on défie ton autorité. Il y a une mutinerie à bord!

Si tu acceptes de rebrousser chemin, va au numéro 16.

Si tu préfères ordonner à tes hommes d'arrêter Pike, va au numéro 43.

4

— Je savais que je pouvais compter sur toi, lâche le capitaine Drake.

Il te montre une carte de la mer des Caraïbes et t'explique :

— Essaie de t'emparer du galion dans le port de Nombre de Dios. Si c'est impossible, empêche-le de se rendre à son lieu de rendez-vous : La Havane, sur l'île de Cuba. C'est là qu'il doit rencontrer la flotte espagnole chargée du trésor. Si le galion parvient à Cuba, tu auras échoué, car il y aura trop de navires pour que tu puisses les attaquer.

Pedro intervient :

— La moitié de mes hommes vont accompagner le capitaine Drake. L'autre moitié et moi-même nous joindrons à votre équipage... si vous voulez bien de nous.

Les hommes de Pedro ne sont pas des marins. Ils te causeront peut-être plus d'ennuis qu'ils ne t'aideront...

Si tu décides d'accepter l'aide de Pedro, va au numéro 33.

Si tu préfères la refuser, va au numéro 9.

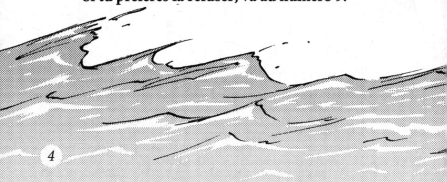

5

Le capitaine du galion espagnol panique. Il est sûr que votre attaque subite et vos signaux confirment la présence d'autres navires anglais dans les parages.

Aussitôt, le galion s'éloigne de votre navire. Peu après, il s'échoue sur les hauts-fonds qui entourent les îles des Bahamas. Les mâts et le gréement se brisent. Le galion gîte et se retrouve couché sur son flanc, bien enlisé. Il est à ta merci.

Si tu décides d'ouvrir le feu sur le galion en détresse, va au numéro 22.

Si tu préfères envoyer des barques pour exiger la reddition des Espagnols, va au numéro 34.

6

Les soldats espagnols fraîchement arrivés attaquent. Tes hommes ont du mal à se défendre à cause des gros sacs de lingots d'or et d'argent qu'ils transportent. Plusieurs d'entre eux se font blesser ou tuer.

Devinant que la situation est sans espoir, tu ordonnes aux survivants de laisser tomber le butin et de se ruer vers les barques.

Va au numéro 11.

7

Tu ordonnes qu'on pende Pike à la vergue. Tandis que des marins le hissent, il se débat en agitant vivement les jambes. Une fois qu'il a cessé de se tortiller, les hommes coupent la corde et jettent son corps à la mer.

Les compagnons de Pike sont furieux. Ils marmonnent entre eux et complotent ta perte.

Va au numéro 2.

8

Vous arrivez sans encombre à Port Abondance, mais vous rentrez bredouille. De plus, une autre mauvaise nouvelle vous attend.

Pendant votre absence, John Drake, le frère de Francis, a pris la mer avec le *Swan*. Il a tenté de s'emparer d'un navire espagnol bien plus gros et bien mieux armé que le sien, et a été tué dans l'opération.

— Dieu ait son âme, murmure le capitaine Drake.

Quelques jours plus tard, Drake demande à te voir.

— Pedro m'a dit qu'un galion espagnol est arrivé à Nombre de Dios. Il sera chargé d'or et d'argent. Il m'a aussi dit qu'une caravane en provenance de la ville de Panama est en route et qu'elle transporte elle aussi de l'or et de l'argent. Je vais m'occuper de la caravane. Je veux que tu remplaces John comme capitaine du *Swan* et que tu t'empares du galion.

Si tu acceptes la mission, va au numéro 4.

Si tu hésites à accepter la mission, va au numéro 17.

9

Tu annonces à Pedro que tu n'as pas besoin de ses hommes. Il te jette un regard mauvais. Drake a un air sceptique, mais il reste silencieux. Plus tard, alors que tu vérifies les réserves du *Swan*, tu vois arriver Pedro et ses compagnons. Certains d'entre eux sont armés et ils vocifèrent des menaces envers toi.

Craignant pour ta vie, tu ordonnes à tes hommes de leur tirer dessus. Pedro et ses amis meurent sur-le-champ.

Va au numéro 24.

10

Les amis du marin disparu en mer te demandent de partir à sa recherche.

— Je suis désolé, messieurs, leur réponds-tu, mais même s'il a survécu à sa chute et à la noyade, nous n'avons aucune chance de le retrouver par une nuit sans lune dans une mer aussi déchaînée. Arrêter le bateau signifie perdre le galion de vue. Nous connaissons tous les risques du métier quand nous nous engageons sur un navire.

Les hommes secouent la tête, mais ne discutent pas tes ordres. Tu dois maintenant décider de la tactique à suivre pour doubler le galion : vas-tu l'attaquer ou utiliser la ruse?

Si tu choisis d'attaquer le galion, va au numéro 32.

Si tu préfères tendre un piège à son capitaine, va au numéro 49.

11

Le capitaine Drake est furieux.

— Il n'y a que les fous pour se battre quand les chances de victoire sont nulles! rage-t-il. À cause de ta bêtise, nous n'avons plus assez d'hommes pour attaquer les Espagnols. Il ne nous reste plus qu'à regagner les navires et à rentrer en Angleterre les mains vides.

Tu as échoué. Si tu souhaites recommencer l'aventure, va au numéro 1.

12

Malgré le vent qui se lève, tu demandes à l'équipage d'augmenter la voilure. Ce serait plus prudent de la réduire, mais cela ferait perdre trop de vitesse au bateau. Peu après, le *Swan* fend les vagues. Les mâts et le gréement grincent sous la pression du vent et de l'eau.

Soudain, un craquement terrible retentit. Le haut du mât de misaine s'est cassé et la vigie qui se trouvait dans le nid de pie vient d'être projetée à la mer.

Tu sais que l'homme ne sait pas nager et qu'il a peut-être péri dans sa chute.

Si tu décides d'arrêter le navire pour partir à sa recherche, va au numéro 23.

Si tu choisis d'abandonner l'homme à son sort et de garder le cap, va au numéro 10.

13

— Pedro, demande-leur quel est ce bateau qui vient de quitter le port. Dis-leur que s'ils ne me répondent pas immédiatement, ils mourront.

Pedro traduit ta menace en espagnol. Ta question irrite les pêcheurs au plus haut point. Et ils ont de quoi se défendre.

Leur chef saisit son trident – un dangereux harpon de pêche à trois dents – et le lance vers toi. Tu sens les dents pointues de l'outil te transpercer la gorge. Très vite, le sang envahit ta bouche et tu tombes à la mer. Ton insolence a causé ta perte.

Tu n'es pas un héros. Si tu veux reprendre l'aventure depuis le début, va au numéro 1.

14

Vous foncez sur le galion espagnol et lancez l'assaut avec vos canons avant. Le galion riposte. Tu ordonnes à l'un de tes hommes d'agiter une série de pavillons de signalisation.

— Mais à qui envoyons-nous ces signaux? demande le matelot.

— Aux navires anglais qui arrivent pour nous aider à attaquer le galion, réponds-tu.

— Mais il n'y a aucun navire anglais qui arrive en renfort!

— Je sais, dis-tu, mais le capitaine espagnol, lui, l'ignore. J'espère le faire paniquer.

Tu dois maintenant décider de la suite des choses.

Si tu veux poursuivre l'attaque du galion, va au numéro 5.

Si tu veux simuler la fuite, va au numéro 18.

15

Tu ordonnes à tes hommes de renoncer à l'attaque et de ramer vers le large.

Tu fais immobiliser la barque un peu plus loin pour attendre les deux autres. Elles ne tardent pas à vous rejoindre. Chacune compte plusieurs blessés à son bord. L'attaque a échoué.

Le capitaine Drake est furieux contre toi.

— Espèce de traître! crie-t-il depuis son embarcation. Ta lâcheté nous a coûté la victoire. Tu seras pendu pour ça!

Ton aventure est finie. Si tu veux la recommencer, va au numéro 1.

16

— Très bien, dis-tu. De toute façon, le galion est trop gros, nous ne pouvons pas l'attaquer.

Les hommes de confiance du capitaine Drake accueillent tes paroles avec des murmures de mécontentement. Tu leur ordonnes de se taire. Malgré cela, tu remarques que la grogne suscitée par ta décision ne cesse de croître tout au long de la journée.

Va au numéro 2.

17

— Je ne suis pas un trouillard, mon capitaine, réponds-tu, mais je n'ai jamais commandé de navire.

— Fais-moi confiance, déclare Drake. Je sais quand un homme est prêt à prendre les commandes d'un navire. Tu t'es bien débrouillé au cours de l'attaque du port. Tu es prêt.

Tu prends une grande inspiration et réponds :

— Dans ce cas, mon capitaine, j'accepte la mission.

Va au numéro 4.

18

Votre navire s'éloigne du galion. Ce dernier poursuit sa route sans changer de cap. Il ne se préoccupe pas de vos signaux. Le capitaine du galion a compris ta stratégie. Il sait que vous attaqueriez si d'autres bateaux anglais arrivaient en renfort.

Désespéré par la tournure des événements, tu fais demi-tour et relances l'attaque. Mais il est trop tard pour tromper le capitaine espagnol. Il t'attend de pied ferme.

Va au numéro 35.

19

Tu ordonnes à deux de tes hommes de ramener le capitaine Drake aux bateaux. Voyant que les soldats espagnols se replient, tu en profites pour guider un groupe d'hommes jusqu'à la demeure du gouverneur. Une fois sur place, vous forcez l'entrée de la chambre forte où se trouvent les lingots d'or et d'argent.

Tu donnes l'ordre à tes hommes de tout transporter à bord de vos navires. Mais au moment où tu sors, des bruits de combat intense éclatent. D'autres soldats espagnols viennent d'arriver.

Si tu décides d'ordonner à tes hommes de continuer à ramasser les lingots d'or et d'argent, va au numéro 6.

Si tu choisis d'affronter les soldats qui arrivent, va au numéro 41.

Si tu préfères dire à tes hommes de lâcher le butin et de se replier, va au numéro 37.

20

On retire la grille d'une des écoutilles. Tu donnes l'ordre d'y attacher Pike et de le fouetter avec le chat à neuf queues. Tu attends qu'il perde connaissance et qu'il ait le dos ensanglanté pour le faire détacher.

Va au numéro 2.

21

Tu ordonnes à tes hommes d'embarquer les prisonniers et de les conduire à bord du *Swan* pendant que tu supervises le transfert du trésor de la cale du galion à la tienne. Peu de temps après que les derniers prisonniers ont été transférés sur ton navire, tu entends des cris et des bruits de combat.

Tu regardes vers le *Swan* et tu es horrifié par la scène que tu vois. Les prisonniers ont pris le contrôle de ton équipage et de ton bateau. Ses canons sont maintenant pointés vers toi. Le vent a tourné. Tu as échoué alors que le succès était à portée de main.

Si tu veux recommencer l'aventure, rends-toi au numéro 1.

22

Tu donnes l'ordre d'ouvrir le feu. Les marins espagnols sont sans défense. Ils tombent sous les tirs et bientôt, le sang coule dans les dalots, puis en traînée le long de la coque du bateau naufragé.

Puis un de vos tirs touche la poudrière du galion et provoque une énorme explosion. Quand la fumée se dissipe enfin, tu constates que le galion a été pulvérisé.

— Comment allons-nous récupérer le trésor à présent? demande l'un de tes hommes.

Il a raison. Sous l'effet de l'explosion, l'or a été éparpillé au fond de la mer. Ta cruauté a tout fait rater.

Tu as échoué. Si tu souhaites recommencer l'aventure, va au numéro 1.

23

Tu ordonnes à tes hommes de serrer les voiles et de virer de bord. Malgré vos efforts, l'obscurité et les fortes vagues vous empêchent de retrouver le marin tombé à l'eau. Vous abandonnez les recherches et virez à nouveau de bord pour reprendre le galion en chasse. Malheureusement, vous avez perdu du temps et il n'est plus en vue.

Va au numéro 28.

24

Drake entre dans une grande colère quand il entend avec quelle cruauté tu t'es débarrassé des esclaves.

— Ces hommes auraient pu nous aider! hurle-t-il. Tu les as fait exécuter sans raison valable. En regard de ton crime, tu seras mis aux fers et renvoyé en Angleterre!

Tu es tombé en disgrâce. Ton aventure est terminée. Si tu veux la recommencer, va au numéro 1.

25

Au bout d'une chasse qui dure plusieurs heures, tu finis par rattraper le galion. Le navire est bien plus gros et mieux armé que le *Swan*, et tu devines que son équipage est plus nombreux que le tien.

Ta mission consiste à empêcher le galion de rejoindre le reste de la flotte espagnole à La Havane. Tu dois choisir le meilleur moyen pour y arriver.

Si tu décides de monter à l'abordage et de combattre au corps à corps pour prendre le contrôle du galion, va au numéro 48.

Si tu choisis d'attaquer le navire avec tes canons, va au numéro 35.

Si tu préfères le suivre et attendre le bon moment pour l'attaquer, va au numéro 3.

26

Vous débarrassez votre bateau de son déguisement espagnol et vous suivez le galion espagnol dans le détroit de Floride. Vous commencez à manquer d'eau et de nourriture. De plus, le galion est un navire rapide : il vous laissera loin derrière dès qu'il aura gagné la haute mer.

La côte de la Floride est à ta gauche et les îles des Bahamas sont à ta droite. Selon toi, est-ce le moment d'attaquer le galion? Ou devrais-tu plutôt tenter une dernière ruse?

Si tu décides de lancer l'assaut, va au numéro 35.
Si tu préfères essayer de duper le capitaine espagnol une fois de plus, va au numéro 14.

27

— Très bien, vous pouvez venir avec nous, décides-tu.

Les esclaves en fuite montent dans la barque et tes hommes se mettent à donner de grands coups de rame, s'éloignant ainsi du rivage, pour aller retrouver le capitaine Drake.

Le chef des anciens esclaves s'appelle Pedro. Il raconte que les Espagnols les ont faits prisonniers en Afrique, lui et ses compagnons. Ils les ont forcés à venir travailler en Amérique. Le capitaine Drake se réjouit.

— Ce sont exactement les alliés qu'il nous fallait. Ils connaissent le pays et ils peuvent nous renseigner sur les intentions des Espagnols.

Vous hissez les voiles et mettez le cap sur votre camp de base à Port Abondance.

Va au numéro 8.

28

À l'aube, tu constates avec horreur que le galion a pris de l'avance durant la nuit. Tu augmentes la voilure dans l'espoir de le rattraper, mais c'est peine perdue. À la tombée du jour, il pénètre dans le port de La Havane. Tu ne peux pas l'y suivre, car tu périrais sous les tirs des forts espagnols qui protègent la flotte du trésor. Tu es forcé de retourner à Port Abondance.

Tu n'as pas réussi ta mission. Si tu veux reprendre l'aventure, va au numéro 1.

29

Peu à peu, vous vous rapprochez du bateau espagnol. Tu es très inquiet. Si le galion qui transporte le trésor t'a vu poursuivre le mauvais navire, il en profitera sûrement pour s'échapper. Dès lors, tes chances de le retrouver seront minces.

Mais une fois que vous êtes assez près du bateau, Pedro déclare :

— J'ai déjà vu ce navire, capitaine. C'est le galion au trésor, j'en suis sûr.

Tu pousses un soupir de soulagement. Tu as gagné ton pari.

Va au numéro 25.

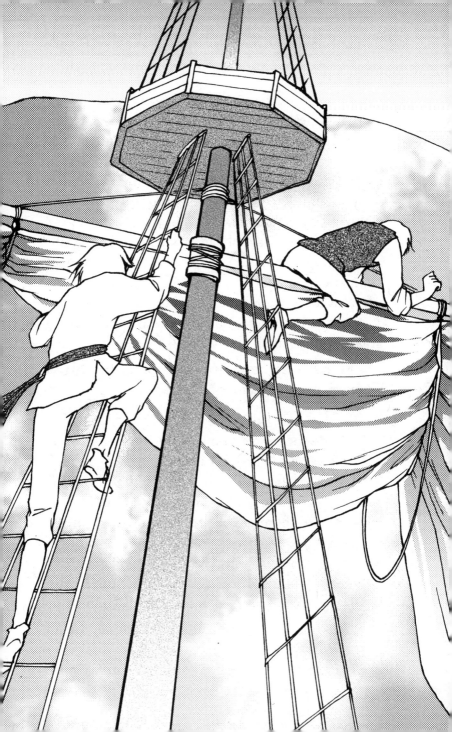

30

Tu donnes l'ordre à tes hommes de sortir l'or et l'argent de la cale du galion et de commencer le chargement à bord des barques. Mais pendant que tu te concentres sur cette tâche, les prisonniers espagnols se rebellent. Rapidement, tes hommes perdent le contrôle de la situation.

Le capitaine espagnol t'adresse un sourire glacial.

— Tu as perdu, l'Anglais! Mes hommes vont s'emparer de tes barques et de ton petit bateau. Je ne suis plus ton prisonnier. C'est toi qui es le mien!

Abattu, tu courbes le dos. Tu as échoué alors que tu avais presque réussi!

L'aventure est terminée pour toi. Si tu veux la recommencer, va au numéro 1.

31

Tu ordonnes à tes hommes de ramer de toutes leurs forces vers la grève. Aussitôt que la coque racle le sable et les coquillages de la plage, tu sautes de la barque. Tu prends la tête du groupe, avances sur la plage avec tes hommes et vous essuyez une pluie de tirs de mousquet. Les soldats espagnols ont quitté leurs casernes pour venir défendre leur ville.

Soudain, un cri de douleur déchire la nuit. Tu vois le capitaine Drake tomber en se tenant la jambe.

Si tu décides d'interrompre l'attaque, va au numéro 15.

Si tu choisis de secourir Drake, va au numéro 19.

32

À l'aube, tu découvres que vous avez réussi à doubler le galion. Tu convoques tes hommes sur le pont et tu leur dis de se préparer pour l'attaque.

Dès que le bateau espagnol est à portée de tir, tu ordonnes à tes canonniers d'ouvrir le feu!

Va au numéro 35.

33

— Merci, Pedro, dis-tu. L'aide de tes hommes nous sera très précieuse.

Pedro sourit, l'air grave.

— Les Espagnols nous ont réduits en esclavage. Nous allons tout faire pour les combattre.

Une barque vous conduit à bord du *Swan*. Tu demandes au maître d'équipage si le bateau est prêt à prendre la mer.

— Je suis désolé, capitaine, répond-il, mais il nous reste des provisions à charger.

Tu sais qu'on ne tient pas longtemps en mer sans nourriture ni eau, et qu'on ne peut pas combattre sans poudre à canon ni munitions, mais le temps presse.

Si tu veux attendre la fin du chargement, va au numéro 42.

Si tu décides de prendre tout de suite la mer, va au numéro 36.

34

Tu manœuvres ta barque dans les eaux peu profondes aux abords du galion et tu exiges la reddition des Espagnols. Le capitaine s'incline. Il n'a pas le choix.

L'équipage du galion est bien plus nombreux que le tien. Tu dois décider du sort des prisonniers pendant le transfert du trésor de la cale du galion à celle du *Swan*.

Si tu veux laisser les prisonniers à bord du galion, va au numéro 30.

Si tu choisis de les amener à bord du *Swan*, va au numéro 21.

Si tu préfères les conduire sur une île voisine, va au numéro 44.

35

Tu lances l'attaque avec tes canons avant, mais la plupart de vos tirs sont trop courts : les boulets tombent à l'eau avant d'atteindre l'ennemi. Le galion espagnol riposte avec ses gros canons. Les boulets fracassent ton bateau. Des éclats de bois volent en tous sens. Des cordes et des morceaux du gréement tombent autour de vous. Les voiles pendent en lambeaux. Le *Swan* commence à sombrer.

Une douleur aiguë t'envahit avant même que tu puisses ordonner à tes hommes de quitter le navire. Une balle de mousquet espagnol vient de te transpercer le corps. Ta poitrine saigne abondamment. Tu t'écroules sur le pont, puis l'obscurité t'engloutit.

Tu as échoué. Si tu désires reprendre l'aventure depuis le début, va au numéro 1.

36

— On n'a pas de temps à perdre! t'écries-tu. On va devoir laisser le reste des provisions ici. Hissez les voiles immédiatement!

Vous naviguez jusqu'à Nombre de Dios, mais une fois sur place, tu te rends compte que le galion espagnol est trop bien gardé pour risquer une attaque. De plus, tu n'as pas assez de poudre ni de munitions pour utiliser tes canons.

Tu n'as pas le choix, tu dois retourner à Port Abondance pour compléter le chargement de ton navire.

Va au numéro 42.

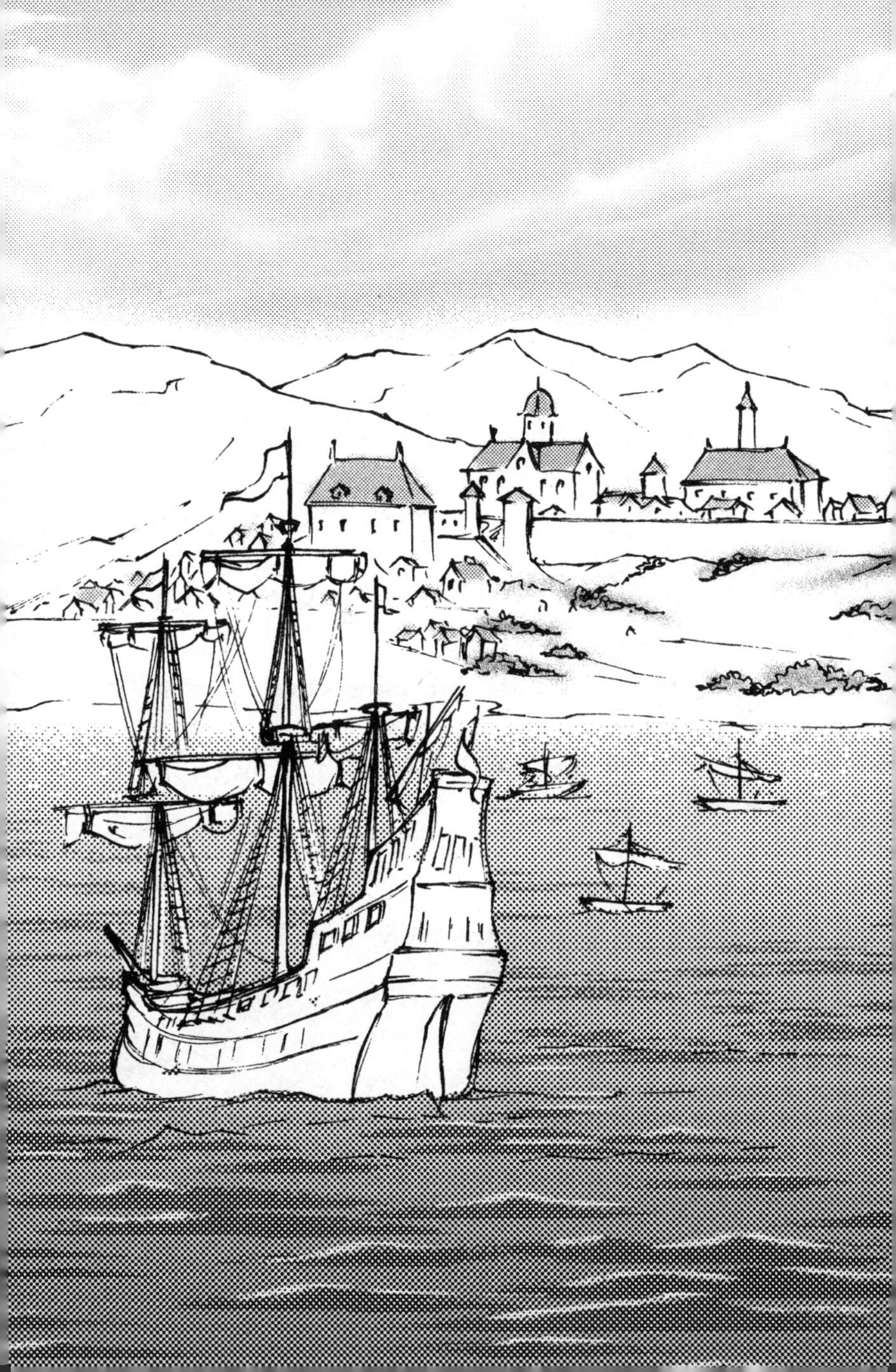

37

Tu demandes à tes hommes de se replier avec discipline. Ceux qui sont armés de mousquets couvrent le groupe, tandis que ceux armés de haches et d'épées ouvrent le chemin jusqu'aux barques. Au moment où vous mettez votre barque à l'eau, des hommes en haillons descendent des arbres non loin. Ce ne sont ni des Espagnols ni des indigènes, mais leur peau est noire. L'un d'eux s'adresse à toi :

— Amigo, nous sommes des esclaves. Nous avons fui les Espagnols. Emmenez-nous. Nous vous aiderons à les combattre !

Tu te demandes si l'homme dit la vérité. Serait-ce un piège des Espagnols ?

Si tu choisis de lui faire confiance, va au numéro 27.

Si tu penses qu'il s'agit d'un piège, va au numéro 45.

38

Dès qu'ils comprennent que tu leur offres un bon prix pour leurs poissons, les pêcheurs se montrent amicaux. Pedro traduit leurs paroles. Ils t'expliquent que le galion qui vient de quitter le port est effectivement celui qui transporte le trésor. Il est en route pour La Havane. Tu les remercies et tu retournes à bord du *Swan*, ravi de ton initiative. Tu es maintenant certain d'être sur la piste de l'or des Espagnols… et ton équipage va se régaler de bon poisson frais!

Va au numéro 25.

39

Tu dictes à Pedro ce qu'il doit répondre :

— Envoyez une barque si vous voulez, mais je vous préviens : certains de nos marins ont contracté la fièvre jaune. Il y a de nombreux cas à La Havane en ce moment!

Le capitaine espagnol pousse un juron. Il ne veut pas de cette fièvre mortelle sur son galion. Il s'éloigne de votre navire… et de La Havane! Ta ruse a fonctionné.

Vous le suivez à distance, sans toutefois le perdre de vue.

Va au numéro 26.

40

— Pike, déclares-tu, tu es un bon marin. Je pourrais te faire pendre pour mutinerie, mais j'aurai besoin de tous mes hommes pour attaquer ce galion. À l'avenir, contente-toi de faire ton devoir et n'oublie pas qu'il ne peut y avoir qu'un seul capitaine à bord.

Pike fait son salut et répond :

— À vos ordres, mon capitaine. Merci.

Va au numéro 46.

41

Tu lances l'attaque contre les soldats espagnols, mais tu constates vite qu'ils sont trop nombreux. Malgré leur courage, bon nombre de tes hommes sont tués au combat.

Comprenant que toute ta troupe sera décimée si vous persistez à vous battre, tu ordonnes à tes hommes de retourner aux bateaux.

Va au numéro 37.

42

Vous larguez les amarres dès que le chargement des provisions est terminé. Aux abords de Nombre de Dios, tu aperçois un navire qui quitte le port. S'agit-il du galion chargé du trésor… ou d'un autre bateau?

Si tu crois qu'il s'agit du galion au trésor et que tu veux le prendre en chasse sur-le-champ, va au numéro 29.

Si tu préfères vérifier de quel bateau il s'agit, va au numéro 47.

43

Tes hommes s'avancent et saisissent Pike. Ses compagnons protestent en grognant, mais ils cessent dès qu'ils voient tes hommes mettre la main à l'épée.

En tant que capitaine, tu as le droit de juger Pike. Il s'agit d'un cas évident de mutinerie, et tu n'as aucun doute qu'il est coupable. Tu dois maintenant décider de sa sentence.

Si tu optes pour la pendaison, va au numéro 7.

Si tu choisis de le faire fouetter sur le caillebotis, va au numéro 20.

Si tu préfères lui donner un simple avertissement et le relâcher, va au numéro 40.

44

Tu déposes l'équipage espagnol sur une île voisine, surnommée l'île Sans-nom. Tu prends soin de leur laisser de l'eau et de la nourriture provenant de leurs propres réserves. Tu choisis trois prisonniers pour t'aider à charger l'or et l'argent à bord du *Swan*. Quand tu n'as plus besoin d'eux, tu les mets dans une barque et les envoies à La Havane. Ainsi, ils pourront indiquer aux autorités espagnoles où aller récupérer le reste de l'équipage.

Tu rentres à Port Abondance avec le trésor volé aux Espagnols et tu pars aussitôt à la rencontre du capitaine Drake. Il a réussi à intercepter la caravane espagnole et à s'emparer de plus d'or et plus d'argent qu'il ne pouvait en transporter. Il est ravi de ton exploit.

— Viens, te dit-il. Grimpe avec moi sur cet arbre.

Intrigué, tu le suis. Depuis la cime de l'arbre, tu aperçois une ligne bleue qui scintille à l'horizon : c'est de l'eau.

— C'est l'océan Pacifique, t'explique Drake. Aucun Anglais n'a encore sillonné ses eaux, mais moi, je le ferai. Et tu navigueras avec moi. Mais d'abord, rentrons à la maison.

Va au numéro 50.

45

— Menteur! cries-tu à l'homme. Vous travaillez pour les Espagnols. Tuez-les!

Tes hommes obéissent et exécutent les esclaves sans défense, qui tombent un à un sur le sable.

Vous regagnez votre navire et rentrez à Port Abondance.

Va au numéro 24.

46

Le *Swan* talonne maintenant le galion. La côte de Cuba se trouve sur votre gauche et les hauts-fonds meurtriers du Grand Banc des Bahamas sur votre droite. La nuit tombe, alors tu dois prendre une décision importante. Tu peux soit continuer à suivre le galion, soit tenter de le doubler. La manœuvre est risquée : dans le noir, ton bateau peut s'échouer et faire naufrage. Mais avec un peu de chance, tu peux réussir à dépasser le galion et à le faire dévier avant qu'il atteigne La Havane.

Si tu décides de continuer à suivre le galion, va au numéro 28.

Si tu préfères essayer de le doubler, va au numéro 12.

47

Tu remarques un bateau de pêche qui jette ses filets près du rivage. Tu décides de questionner les pêcheurs. Peut-être savent-ils si le vaisseau qui quitte le port est le galion transportant le trésor?

Tu fais descendre une barque à la mer. Pendant que tes hommes rament vers le bateau, tu réfléchis à la façon d'aborder les pêcheurs.

Si tu choisis de les menacer, va au numéro 13.

Si tu préfères leur acheter du poisson et discuter gentiment avec eux, va au numéro 38.

48

La coque du *Swan* heurte celle du galion dans un fracas épouvantable. Tu prends la tête de l'assaut : tes hommes et toi sautez sur le pont du galion en hurlant et en criant.

Mais le bateau espagnol grouille d'hommes lourdement armés. Même si ton équipage et toi combattez avec courage, tes hommes tombent un à un au combat. Tu comprends alors que c'était une mauvaise décision d'attaquer le galion. Le capitaine des Espagnols profite de ce moment de désarroi pour te transpercer le corps avec la lame de son épée.

Ton aventure est terminée. Si tu souhaites la recommencer, retourne au numéro 1.

49

Tu ordonnes à tes hommes de déguiser le *Swan* en navire espagnol. Le voilier coud un drapeau de l'Espagne, tandis que les matelots peignent des croix rouges sur les voiles de rechange, que vous installez ensuite à la place des voiles habituelles.

Au matin, l'équipage est épuisé. Vous avez toutefois réussi à doubler le galion espagnol. Vous voguez maintenant droit vers lui, comme si vous arriviez de La Havane. Pedro, vêtu de ta veste de capitaine, hèle le capitaine du galion.

— Si vous cherchez la flotte du trésor, elle a levé l'ancre hier. En vous dépêchant, vous réussirez peut-être à la rattraper dans le détroit de Floride.

Le capitaine du galion se méfie. Il répond qu'il envoie une barque vers votre navire. Si la barque s'approche trop de vous, ses occupants découvriront votre supercherie.

Si tu penses que la seule solution, c'est de se battre, va au numéro 35.

Si tu préfères essayer une autre ruse, va au numéro 39.

50

Tu rentres à Port Abondance, puis tu mets le cap sur l'Angleterre, la cale de ton navire remplie d'or et d'argent. Tu arrives à Plymouth en août 1573. Des barques viennent à ta rencontre. Les cloches des églises sonnent pour célébrer ton exploit. Les forts qui gardent l'entrée du port saluent ton retour d'un coup de canon.

Le capitaine Drake et toi-même vous rendez à Londres, au palais de Westminster, où la reine Élisabeth vous reçoit.

— Votre pays vous remercie, dit-elle. L'or que vous avez récupéré nous aidera à protéger l'Angleterre des attaques du roi d'Espagne. Vous êtes un héros!

ARTISTE AU TRAVAIL!

Salut! Je m'appelle Sonia et je signe les illustrations des livres de la collection « C'est moi le héros ». J'œuvre surtout comme artiste du manga, et j'anime aussi des ateliers de dessin.

Le travail pour cette collection se divise en trois étapes. Je fais d'abord une esquisse de la scène au crayon. Ensuite, j'apporte les changements demandés et je repasse mon dessin à l'encre. Enfin, j'ajoute des couches de texture pour créer les fonds et les ombres.

Les petits détails techniques font parfois une grande différence dans une scène. Je me sers de références pour dessiner les éléments historiques comme les armes ou les navires. Dans cette esquisse, Steve Barlow a remarqué que le gréement du bateau était incorrect. Je l'ai donc modifié en conséquence. Simple comme bonjour!

Les scènes nocturnes sont difficiles à rendre, car on ne veut pas que tout soit noir. Pour l'illustration de la section 10, j'ai tracé mon dessin comme d'habitude, puis j'ai ajouté les ombres foncées pour la mer et un fond gris bordé de blanc pour les personnages. C'est ce détail qui leur permet de bien ressortir.